Rudolf Genée

Grosse und kleine Welt

Dichtungen

Rudolf Genée

Grosse und kleine Welt
Dichtungen

ISBN/EAN: 9783743346239

Hergestellt in Europa, USA, Kanada, Australien, Japan

Cover: Foto ©Andreas Hilbeck / pixelio.de

Manufactured and distributed by brebook publishing software
(www.brebook.com)

Rudolf Genée

Grosse und kleine Welt

Grosse und kleine Welt.

Dichtungen

von

Rudolf Genée.

Leipzig,

Verlag von Heinrich Hübner.

1861.

Introduction.

—

Die ganze Erde weit und breit
Mit aller ihrer Herrlichkeit
   Und droben doch das Himmelszelt —

Die Städt' und Länder, Fels und Meer,
Der Menschheit Kampf nach Macht und Ehr'
   Das ist die Welt — die große Welt.

Doch ohne Prunk und tief und stumm
Birgt unsre Brust ein Heiligthum,
   Das Alles dies umschlossen hält —

Mensch, Erde, Himmel und Natur
Umfängt im kleinsten Raume nur
   Das Menschenherz — die kleine Welt.

———

Inhalt.

—

Erster Abschnitt.
Lyrisches.

Zweiter Abschnitt.

Vermischte Gedichte.

Dritter Abschnitt.

Erzählende Gedichte.

Erster Abschnitt.

Lyrisches.

Asyl.

—

Will dir der Schwermuth schleichend Gift
Die Ruhe deiner Seele rauben,
Hat banger Zweifel oder Schmerz
Zerstört dein Glück und deinen Glauben,
So suche dir ein schönes Herz,
Das liebend dich versteht,
Das Glück und Leiden mit dir theilt,
Und mit dir untergeht.

Und konntest in der Liebe du
Der Erde Himmelreich nicht finden,
Zerriß das Band, das dich und sie
Für Ewigkeiten sollte binden:
So stähle dein getäuschtes Herz,
Und waffne deine Hand,
Und Haß und Liebe brauche dann
Im Kampf für's Vaterland.

Doch soll auch hier dein warmes Herz
Im starren Hauch der Welt verbluten,
So tauche deine Seele sich
In heil'ger Dichtung Zauberfluten.
Was dir das Leben hat versagt,
Such' in der Fantasie:
Es findet Zuflucht jeder Schmerz
Im Reich der Poesie.

Frühling.

—

Das ist der Frühling wieder,
Das ist sein mächtig Wehen,
Bei dem der Erde Freuden
Entzaubert auferstehen.

:ne wieder,
umsäumt;
Wonne,
geträumt.

hling wieder,
ig „Werde!" —
erwochen
 der Erbe.

t, es schwellen
ie Blüten, —
n Lüften
Mußt du dich sorgsam hüten.

Durch Wald und Felder klingen
Die neu erwachten Lieder,
Die Lüfte säuseln leise
Die alten Weisen wieder.

Und an den Gräsern funkeln
Die ersten Freudenthränen,
Und in der Brust auf's neue
Erwacht das alte Sehnen.

Frühlings-Keime.

—

1.

Blaue Veilchen, blaue Veilchen,
Hütet eure warmen Herzen,
Traut nicht diesen Frühlingslüften,
Nicht dem Sonnenschein des Märzen!

Blaue Veilchen, blaue Veilchen,
Harret noch in tiefen Keimen,
Könnt ja auch im Schnee des Winters
Schon vom goldnen Frühling träumen.

Blickt zu früh nicht aus dem Neste,
Haltet still euch und verborgen,
Sonnenschein umspielt euch heute,
Und der Schnee vielleicht schon morgen!

Und dann habt um's junge Leben
Grausam ihr euch selbst betrogen,
Arme Veilchen, arme Veilchen,
Habt ihr das auch wohl erwogen?

Blaue Veilchen, blaue Veilchen,
Hütet eure kleinen Herzen,
Traut nicht dieser Lüfte Kosen,
Nicht dem Sonnenschein des Märzen.

2.

Armer Knabe, armer Knabe,
Hüte dich vor blauen Augen,
Die nicht für dein junges Leben
Und dein junges Herze taugen.

Hüte dich, in blaue Augen
Allzu früh hinein zu schauen;
Schwarze Augen sind gefährlich,
Doch noch schlimmer sind die blauen!

Wahre deine junge Liebe,
Halte hübsch dein Herz verborgen,
Heute schlürft es Seligkeiten
Und den Tod vielleicht schon morgen.

Laß von solchen Veilchenblicken
Nicht dein Herz, dein junges, fangen,
Ist's geschehn, wird es vergebens
Nach der Freiheit Glück verlangen.

Armer Knabe, armer Knabe,
Hüte dich vor blauen Augen,
Die nicht für dein junges Leben
Und dein junges Herze taugen!

3.

Doch das Veilchen mußte blühen,
Und der Knabe mußte lieben
Und sie Beide sind gestorben,
Sind im kurzen Glück geblieben.

Und im Sterben sprachen Beide:
O wie schön ist's, in dem frühen,
In dem ersten Lenzeshauche
Zu genießen, zu verblühen!

Lieder.

—

Lieder sollen sprießen
Aus jedwedem Baum,
Lieder sollen fließen
Aus des Meeres Schaum.

Jede kleine Quelle
Murmelt ein Gedicht,
Und im Lied die Welle
Zu dem Ufer spricht.

Zu des Dichters Ruhme,
Schöne Rose, blüh',
Wachse, kleine Blume,
Für die Poesie.

Schlingt euch, grüne Reben,
Von dem Wein zum Lied,
Das mit neuem Leben
Durch die Seele zieht!

Leuchtet, schöne Augen
Der Geliebten mein,
Herz und Lieder saugen
Eure Strahlen ein!

Klopfe, liebes Herzchen,
Deine Melodie,
Denn du giebst die Füße
Meiner Poesie!

Lenzgefühl.

—

Des Frühlings Auferstehen
Zieht frisch durch mein Gemüth,
Und neu im Lenzeswehen
Mein Herz zur Lust erblüht.

Ich möchte hoch mich schwingen
Weit von der Erde Schwall,
Möcht' in den Lüften singen
Mit Lerch' und Nachtigall.

Auf Bergen möcht' ich stehen,
Hinabschau'n in das Thal
Und lachen von den Höhen
Jedweder Sorg' und Qual.

Ich möchte mit den Flüssen
Durcheilen jeden Ort,
Vor Allem aber küssen
Und küssen immerfort!

————

Erſatz.

—

Und als der Menſch geſchaffen war
Am letzten Tag der Wochen,
Da hat zum Schöpfer alſobald
Das arme Herz geſprochen:

O Herr, warum denn haſt du mich
Beraubt der hohen Wonne,
Daß nimmer mich erfreuen ſoll
Der Schein der goldnen Sonne?

Bin ich als Theil des Menſchen nicht
Der wichtigſte vor Allen?
Doch dieſer tief verborgne Platz
Kann nimmer mir gefallen.

Da sprach der Herr: Sei ruhig, Herz,
Du sollst es nicht bereuen,
Und statt der Sonne Schein soll dich
Weit Schöners noch erfreuen.

Und bald erfuhr's, was Gott wohl thät
Mit diesen Worten meinen,
Denn statt der Sonne ließ der Herr
In's Herz die Liebe scheinen.

————

O Zeus!

—

O Zeus! ich wollte, ich wäre dein Blitz!
Du solltest nicht lange mich halten!
Ich wollte vertreiben der Dummheit Nacht
Mit meinen Flammengestalten.

O Zeus! ich wollte, ich wäre dein Blitz!
Trotz alten und neuen Göttern, —
Wie wollt' ich die ganze Lügnerbrut
Mit einem Schlage zerschmettern!

O Zeus! ich wollte, ich wäre dein Blitz!
Ich würde den Weg schon finden,
Zu heller, lodernder Liebesglut
Ein kaltes Herz zu entzünden!

———

Erwachen.

—

Als die Rose noch eine Knospe war,
Da hat sie, von Hoffnungsgrün umsäumt,
Von einem Himmel so blau und klar
Und von goldnem Sonnenschein geträumt.
Bis endlich gekommen war die Zeit,
Da sich die Knospe zur Rose erschloß,
Bis daß sie des Traumes Seligkeit
Als Rose nun ganz noch einmal genoß.

So hast du geträumt, du rosig Kind,
In deiner Jugend zartem Verschluß
Von blauem Himmel und Sonnenschein,
Von Lebensfreuden, von Glück und Genuß.
Und da du strahlst in der Rose Kleid,
Und suchst des Lebens verheißnes Glück,
Da denkst du wohl oft mit stillem Leid
An der Knospe lieblichen Traum zurück.

Flut und Ebbe.

—

1.

Ihr Auge lachte so schön, so hell,
Da ich sie geküßt zum erstenmal;
Und durch der Thränen strömenden Quell
Drang ihres Blickes Sonnenstrahl.

So ist die Liebe, mein holdes Kind,
Voll Lust zugleich und voll Schmerzen;
Und so verbindet in Freud' und Leid
Ein Regenbogen die Herzen.

———

2.

Ich klagte ihr meine Schmerzen,
Sie weinte — und sagte nichts;
Ich zeigte ihr meine Freude,
Sie lachte — und sagte nichts.

Was wären mir alle Worte
Von ihrem hübschen Mund —
Was gegen so schöne Zeichen
Aus ihres Herzens Grund?

3.

Wie ein fernes Wetterleuchten
War es, als voll stillem Hoffen
Unsrer Augen tiefe Blicke
Sich zum erstenmal getroffen.

Und als nun die Lippen legten
Fest und innig sich zusammen,
Schlug der Blitz in unsre Herzen,
Und es loderten die Flammen.

———

4.

Wonach im trüben Leben
Umsonst geirrt mein Blick, —
Aus deiner Augen Tiefe
Strahlt plötzlich mir's zurück.

Es trank die kalte Erde
Still meines Herzens Flut, —
Du aber gabst mir wieder
Des Himmels heil'ge Glut. —

Wenn dich mit Wonnebeben
Mein Arm umschlungen hält,
Lacht meines Herzens Fülle
Der Leere einer Welt!

5.

Es spiegelt sich in meiner Thräne
Der Sonne ros'ges Morgenlicht —
Ob nicht vielleicht im Abendrothe
Ein treues Herz vor Kummer bricht!

O sende mir von deinen Lippen
Nichts als den ros'gen Morgengruß,
Und sterben will ich — eh' die Sonne
Mit meinem Glücke sinken muß.

6.

Was aus deinem dunkeln Auge
So in stillem Zauber spricht,
Was aus deinen Blicken leuchtet,
Fühl' ich, — doch versteh' es nicht.

Keiner auch versuch', zu deuten
Diese Hieroglyphenschrift;
Denn ein jedes solcher Worte
Schwer und scharf den Frager trifft.

Kann in solcher milden Hülle
Solche Glut verschlossen sein,
In so unerforschter Tiefe
Zarte Liebe wohl gedeihn? —

Wer will diese Räthsel lösen,
Wer ergründen solche Macht? —
Gerne wieg' ich mich im Dunkel
Tief geheimnißvoller Nacht.

7.

Von den Wunderquellen deiner Lippen
    Möcht' ich trinken,
Und berauscht zu deinen Füßen
    Würd' ich sinken.

Morgenthau von deinen Rosenwangen
    Möcht' ich küssen,
Sollt' ich auch im ersten Morgenthaue
    Sterben müssen.

Besser aber wär' es, solche Wonnen
    Zu genießen,
Ohne daß ich's mit dem schönen Leben
    Dürfte büßen.

8.

Ob sie mich geliebt mit treuem Sinn,
Ob sie mich nur hat betrogen,
Ob Alles, was sie mir einst gelobt,
Erheuchelt war und erlogen. —

Von diesen Zweifeln will ich mein Herz
Und meine Gedanken lösen —
Sie hat mich geküßt wohl tausendmal
Und ich bin glücklich gewesen!

9.

Da geh' ich noch immer dem Hause vorbei,
Wo einst in glückseligen Stunden
Ich in des Lebens herrlichem Mai
Einst die Geliebte gefunden;
Ich geh' noch immer dem Hause vorbei,
Und denke zurück an den schönen Mai.

Und hinauf zum Fenster blick' ich noch oft,
Aus dem sie erröthend mich grüßte,
Bis ich sie liebend an's Herz gedrückt
Und zum erstenmal sie küßte —
Da wird mir das Herz und das Auge schwer,
Und ich seh' nicht Haus und nicht Fenster mehr.

Liebe auf der Wanderschaft.

—

1.

Volles Herz und leere Taschen,
Leicht Gepäck und leichten Sinn,
Wandl' ich nun mit frischem Muthe
Froh durch Gottes Straßen hin.

Muntre Lieder übertönen
Jeden Seufzer in der Brust,
Ist doch groß und weit die Erde
Und mein Herz voll Lebenslust.

Auf den alten graden Wegen
Kam mir Vieles in die Quer' —
Doch bald fühl' ich schon im Herzen
Keinen Liebeskummer mehr.

Sind ja übrig auf der Erde
So viel tausend Mädchen noch,
Und davon, ich sollte meinen,
Liebt mich eine sicher doch!

2.

Ueber Feld und Wald und Heide
Kommt ein frischer Wind geflogen,
Und mit ihm ist all' mein Leiden
In die weite Welt gezogen.

Und die alten Schmerzen hör' ich
Fernhin durch die Heide pfeifen,
Und ich lasse froh sie ziehen,
Mag ein Andrer sie sich greifen!

Dankbar singe ich dem Winde
Dafür nach die besten Lieder;
Schlägt er um, bringt er mir treulich
Lieder wohl und Schmerzen wieder.

3.

Was wäre wohl die Erde werth,
Hätt' Gott uns nicht das Weib bescheert
Mit Wangen roth, mit Aeuglein klar,
Mit braunem, blondem, schwarzem Haar;
Daß Einem gleich, wenn man's nur sieht,
Die Freude durch das Herze zieht,
Und wenn kein schönes Mädchen wär',
Wo käme — ach! — die Liebe her?

Wie mancher Jüngling schön und brav,
Deß Herz kein Mädchenauge traf,
Er ginge unbelohnt in's Grab,
Riß ihm sein Lebensfaden ab.
Was wäre Wein, was Becherklang,
Was wäre, ach! selbst der Gesang,
Wenn's hie und da nicht würd' gebracht
Dem Mädchen, das uns freundlich lacht.

Auch hat das Mädchen nah und fern
Den Sänger ganz besonders gern,
Weil er ihr singt den Sonnenschein
So recht in's liebe Herz hinein.
Drum ward uns auch das Weib bescheert,
Daß es die Liebe uns gelehrt,
Und wenn kein hübsches Mädchen wär',
Wo käme — mein Kathrinchen her?

———

4.

Laß, mein Kind, das Treueschwören,
Mir genügt ja deine Liebe;
Ob sie kurz, ob lang mir bliebe,
Soll mir nicht den Frieden stören.

Streue nicht mit vollen Händen
Deine Gaben, süßes Leben;
Wer so wenig hat zu geben
Darf damit nicht so verschwenden.

5.

Ein Wunder hat im fernen Land
Gefangen mich fürwahr,
Das ist ein tiefer blauer See,
Bis auf den Grund so klar.

Ihr blaues Auge ist der See,
Drin ruht mein ganzes Glück;
Ich schau hinein — und schau hinein —
Und kann nicht mehr zurück.

Umstrickt, gefangen bin ich nun
In diesem Zaubersee,
Verfallen für die Ewigkeit
Der wunderschönen Fee.

6.

Laß das Fragen, laß das Bangen,
Ob ich dir auch treu verbliebe;
Eines nur kann ich geloben:
Daß ich dich von Herzen liebe.

Nicht nach Zeiten fragt die Liebe,
Nur was ist, kann ich dir sagen;
Und du willst, mein süßes Liebchen,
Frevelnd nach der Zukunft fragen?

Laß uns küssen und genießen
Was der Augenblick uns giebt;
Und wenn einst wir scheiden müssen,
Haben wir uns doch geliebt.

Blumensprache.

Giebt's für Liebe etwas Inn'gers,
Etwas Zarteres und Sinn'gers,
Als durch Blumen zu verkünden,
Wo in selig stiller Lust
Bei der übervollen Brust
    Wir nicht Worte finden?

Wohl kenn' ich noch schönre Zeitung,
Schönrer Liebessprache Deutung,
Als ein Meer von Blumen giebt:
Wenn ein Kuß von ihrem Munde
Mir es sagt in sel'ger Stunde,
    Daß ich bin geliebt!

Der Entfernten.

Für zwei Herzen nur, die fest verbunden,
Die — getrennt auch — doch sich ewig nah,
Die in heil'ger Liebe sich gefunden,
Sind nicht Grenzen und nicht Fernen da.
Nicht der Ocean und alle Fluten,
Nicht der Meere und der Thräne Naß
Löschen solcher Liebe heil'ge Gluten, —
    Meine Liebe, weißt du das?

Du, die huldreich über mich ergossen
Deine Liebe, flammend und doch mild,
Wie so tief und fest hast du geschlossen
In mein Herz dein heißgeliebtes Bild!
Einsam muß ich deinen Tönen lauschen,
Deinen Namen flüstert Blum' und Gras,
Und ich gebe Antwort ihrem Rauschen — —
    O mein Liebchen, hörst du das?

Ueber Berge führst du mich und Klüfte,
Jedes Leiden läßt mich ungetrübt,
Hauchen tröstend doch mich an die Lüfte,
Daß ich bin von Dir — von Dir geliebt.
Würde Alles so mich sonst entzücken,
Was ich seh' und höre? — Laß, o laß
In Gedanken nur an's Herz dich drücken! —
      Heißgeliebte, ahnst du das?

Wie die Erde aus so weiter Ferne
In dem Glanz der Sonne noch erblüht,
Fühl' auch ich, so weit von meinem Sterne,
Mich mit Licht und Leben noch durchglüht.
Sollt ich länger auch dich lassen müssen —
Kümmert dieses unsre Liebe was? —
Aus der Ferne auch kann ich dich küssen, —
      Süßes Liebchen, fühlst du das?

Glück.

—

Was ist Genuß, und was ist Glück? —
Ein falsches Luftgebild,
Das nimmer doch der Sehnsucht Schmerz
In deinem Herzen stillt.

Den Todeskeim birgt jedes Glück
In seinem eignen Schoos —
Das ist des Lebens ew'ge Nacht,
Das ist des Menschen Loos!

Wie wenig der Genuß im Ziel
Dem Bild der Sehnsucht gleicht,
Das fühlt erst das bethörte Herz,
Wenn jenes Ziel erreicht.

Die Sehnsucht nur zeigt uns das Bild
In hellem Farbenschein;
Doch ist's erreicht, was du gewollt,
So stürzt dein Tempel ein.

Du stehst im Sumpf, ein Irrlicht nur
War das gehoffte Glück, —
Und trübe blickt dein Aug' auf das,
Was du verlorst, zurück.

Entsagen.

—

Bänd'gen soll ich meine Liebe —
Und ich will's — trotz allen Teufeln:
Denn vor solchen hohen Reizen
Muß ich — unbelohnt — verzweifeln!

Bänd'gen will ich meine Liebe,
Will mich männlich von ihr reißen, —
Hielten mich nicht ihre Arme,
Ach, die schönen, blendend weißen!

Zähmen will ich meine Wünsche,
Wären nur nicht diese Blicke,
Dieser Mund und diese Wangen
Und dies Herz voll lauter Tücke!

Bänd'gen will ich meine Liebe,
Will entsagen und vergessen, —
Wär' ich nur von diesem Zauber
Nicht schon ganz und gar besessen!

—————

Lächle nicht!

—

Laß immer beine Hand in meiner ruhn,
Und meine Brust dein liebes Haupt beschützen;
So halt' ich dich, und fasse Dich so fest,
Als müßt' ich ganz — für ewig dich besitzen.

So sicher ruhst du nun am Herzen mir,
So zuversichtlich blicken beine Augen,
Als könnten aus des Augenblickes Lust
Wir Freud' und Glück für alle Zeiten saugen!

Als gäb' es keiner Zukunft droh'nde Hand,
Uns aus dem süßen Traume wach zu rütteln,
Und keines Schicksals Stürme rauh und kalt,
Das junge Grün des Lebens abzuschütteln! —

O lächle nicht! — Dein Lächeln ist ein Schmerz,
Der mich wie trübe Ahnung bang durchzittert; —
Voll frischem Leben grünt noch heut der Baum,
Den morgen schon vielleicht der Blitz zersplittert!

———

Befreiung.

—

Sprich, woher dies ew'ge Sehnen,
Dieses Kämpfen, dieses Ringen?
Deines Daseins dunkles Räthsel —
Kannst du's nicht durchdringen?
Möchtest gern nach lichtern Höhen
Weithin über die Wolken ziehn,
Und kannst doch des eignen Herzens
Kerker nicht entfliehn.

Dürstend irrst du in der Wüste
Dieses räthselhaften Lebens,
Und nach dem Erquickungstranke
Schmachtest du vergebens.
Kann von dieser Sehnsucht Bangen
Dich kein Erdenglück befrein —?
Weil du in dem eignen Herzen
Ewig bleibst allein!

Suche nicht, was nie bu findeſt,
Was bu nimmer wirſt ergründen;
Nur wo Herz an Herz ſich ſchließet,
Wirſt bu Ruhe finden.
Liebe, liebe! — Alles Anbre,
Was bu findeſt, iſt nur Schein,
Nur im Glücke reiner Liebe
Biſt bu nicht allein.

Bereue nicht!

—

Bereue nicht, was du gethan,
Du Engel hold und rein,
Die strengste Gottheit müßte dir
Barmherzigkeit verzeihn.
Du hast den Dürstenden erquickt
Mit deiner Liebe Kunde,
Du legtest Balsam ihm und Trost
In seine Todeswunde.

Bereue nicht, daß du gefolgt
Dem Trieb, der dich bewegt,
Da du die Blumen mir an's Herz,
An's blutende gelegt;
Mit ihnen will ich mir den Schmerz
Des letzten Tags verschönen,
Und tränken diesen letzten Strauß
Mit meinen letzten Thränen.

————

Ende.

———

Alle tausendfachen Leiden
Dieses wechselvollen Lebens,
Alle schwer errungnen Freuden —
    Wie vergebens!

So viel Durst nach Ruhm und Ehre
So viel Prahlen eitler Thoren,
So viel Stolz und Macht und Würde —
    Wie verloren!

Alles Mühen, alles Ringen,
Jede Freude und Beschwerde
In des Lebens buntem Spiele
    Deckt die Erde.

————

Zweiter Abschnitt.

— —

Vermischte Gedichte.

Glaubensbekenntniß.

—

Wär' uns bei dem Weh der Zeit
Nicht das Naß gegeben,
Nicht für alle Herrlichkeit
Möcht' ich länger leben!
Können nicht in Lethe wir
Unsern Schmerz ertränken,
Woll'n wir diese Lethe hier
In uns selbst versenken.

Keinen hat's, wer gut gelebt,
Später noch verdrossen;
Dem, der nach dem Himmel strebt,
Ist er nicht verschlossen.
Wem die Kehle trocken ist
Und ein Glas noch winket,
Der ist nicht ein guter Christ,
Der beim Durst nicht trinket.

Giebt's auf Erden für den Durst
Mancherlei Erfindung.
Fehlt dem einzig wahren Trank
Doch noch die Ergründung.
Prüfen will ich drum mit Fleiß,
Bis ich bin in Klarheit,
Forschen mit der Zunge Geist
Nach der ew'gen Wahrheit.

Drum, ob Jude oder Christ,
Türke oder Russe, —
Glaubet, Freunde, und genießt,
Glück ist im Genusse.
Ob der Gerstensaft uns fließt,
Ob das Blut der Trauben,
Jeder, der mit Lust genießt,
Hat den wahren Glauben.

Prometheus-Feuer.

—

Dir, Prometheus, Herr der Erde,
Künder ihrer größten Macht,
Der du aus des Himmels Höhen
Uns das Feuer dargebracht!
Dir verkünden alle Flammen
Mit des Glanzes Herrlichkeit,
Daß uns dieses Himmelsfeuer
Bleiben wird für alle Zeit!

Könnten doch zu Feuer werden
Dieser Erde Zungen all',
Zu umstrahlen deine Ehre,
Zu beklagen deinen Fall!
Du gabst uns, den schwachen Menschen,
In die Hand das Element,
Das, ein Zeichen ew'gen Kampfes,
Mächtig nach dem Himmel brennt.

Was du Edler uns gegeben,
Unser bleibt's, wir halten's fest,
Bis durch dieses Gut der Himmel
Endlich sich erbeuten läßt.
Feuer war's, was wir bedurften,
War der Segen, war die Last —
Und die Frucht war's der Erkenntniß,
Die du uns gegeben hast.

Du hast schon dafür gelitten,
Schon gebüßt die große That,
Da in unsre Brust geworfen
Du die glüh'nde Feuersaat!
Doch du bist von deinen Qualen, —
Göttlicher! — noch nicht befreit,
Wir nur können dich erlösen
Mit des Feuers Herrlichkeit!

Und wir wollen ihn erzwingen —
Diesen Himmel — diesen Sieg!
Wollen ew'gen Himmelsfrieden
Uns erringen durch den Krieg.
Bis des Himmels höchstes Feuer
Bis die Sonne wir erreicht,
Oder — an den Fels geschmiedet —
Jeder dir, Prometheus, gleicht!

Wein- und Freiheits-Lied.

(1849)

———

Der Wein ist die Freiheit in Flaschen gebannt,
    Drum trinket Wein!
Der Wein ist die Freiheit, — die Gläser zur Hand,
    Und schenket ein!
      Wem die Freiheit ging verloren,
      Wer als Sklave auch geboren:
      Durch den Sorgenbrecher Wein
      Wird er Herz und Geist befrei'n!

Der Wein ist die Freiheit, wir haben getauscht
    Für Freiheit Wein!
Es macht uns ja Beides oft selig berauscht,
    Schenkt ein, schenkt ein!
      Laßt die schwachen Seelen klagen,
      Die die Freiheit nicht vertragen!
      Ach, es kommt oft, wie beim Wein,
      Eller Jammer hinterdrein.

4

Der Wein und die Freiheit! wie innig verwandt!
　　Drum trinket Wein!
Sie lösen der Zunge das fesselnde Band!
　　Schenkt ein, schenkt ein!
　　　Zwar mit trügerischem Kleibe
　　　Werden oft verfälschet Beibe,
　　　Doch das Echte bleibet echt,
　　　Und der Schurke nur ein Knecht!

Der Wein ist die Freiheit, ein göttlich Gut!
　　Drum trinket Wein!
Der Wein ist die Freiheit, der Wein ist Blut!
　　Schenkt ein, schenkt ein!
　　　Soll der Wein das Mark durchbringen,
　　　Muß zuerst ein Pfropfen springen;
　　　Stürz' hervor, du rothe Flut,
　　　Ströme, edle Freiheitsglut!

Und haben wir einmal die Flaschen geleert
　　Vom Wein, vom Wein,
Einst werden uns doch wieder neue beschert,
　　Hurrah! schenkt ein!
　　　Furchtbar wollen wir uns rächen
　　　Und ein Dutzend Hälse brechen, —
　　　Dann die Flaschen an die Wand —
　　　Trinket Wein — für's Vaterland!

Mein Deutschland!

———

Mein deutsches Herz, verzage nicht,
Das Land, das dich geboren,
Das deutsche Land, dein Vaterland,
Noch ist es nicht verloren!
Noch machen wir in Politik
Und machen in Papieren,
Noch haben wir der Kammern viel,
Darin zu debattiren.

Mein deutsches Land verzage nicht,
Wir haben schöne Lieder —
Vom Vaterland! die singen wir
Gar viel und immer wieder.
Noch werden Brücken uns gebaut,
Die in ein Jenseits führen,
Mein Vaterland, du darfst darum
Die Hoffnung nicht verlieren.

4*

Und wenn ein nachbarliches Volk —
Im Süden oder Norden —
Nach langem Druck die Ketten bricht,
Die ihm geschmiedet worden,
So werden wir begeistert stets
Für Andrer Recht erglühen
Und folgen jeder großen That
Mit unsern Sympathieen.

Du Schleswig-Holstein stammverwandt,
Das wir in Lieb' erkoren,
Blick auf, du deutsches Bruderland,
Noch bist du nicht verloren!
Viel edle Herzen schlagen noch
Für dich und deine Rechte;
Wir haben einen Bundestag
Und viele Bundesnächte.

Die Zopfabschneider

von Augsburg.

(1858.)

———

'S war Mancher, dem's zu Herzen ging,
Daß man den frechen Dieb nicht fing.
   Der uns die Zöpfe raubte.

Es waren schon, bei Tag und Nacht,
Gar viele um den Zopf gebracht,
   Der Dieb war nicht zu finden.

Durch tück'scher Scheere scharfen Druck
Verlor das Weib den schönsten Schmuck,
   Der Dieb war nicht zu finden.

Die Männer sahen tiefbetrübt
Verschwinden das, was sie geliebt,
   Der Dieb war nicht zu finden.

Man sandte aus die Polizei,
Doch währte fort die Schneiderei,
    Der Dieb war nicht zu finden.

Patrouillen suchten in der Stadt
Nach dem, der es verbrochen hat,
    Der Dieb war nicht zu finden.

Zusammen trat der Magistrat,
Um drob zu pflegen guten Rath,
    Der Dieb war nicht zu finden.

Die Häscher, die man sandte aus,
Sie kamen ohne Zopf nach Haus,
    Der Dieb war nicht zu finden.

Die Obrigkeit verlor den Kopf,
Und täglich fielen Zopf auf Zopf,
    Der Dieb war nicht zu finden.

Und immer noch ward inquirirt,
Und eingesperrt und überführt,
    Der Dieb war nicht zu finden.

Gesteht es selbst auch Mancher ein,
Der rechte Dieb wird Keiner sein,
    Denn der ist nicht zu finden.

Der Zopfabschneider ist zumeist
Kein Menschenkind; er ist ein Geist,
    Und darum nicht zu finden.

———

Das Deutsche Oster-Ei.

—

Wenn die Natur auf Wies' und Feld
Sich regt zu neuem Leben,
Um zu der Osterfeier Lust
Sich selber zu erheben:
So sagt uns auch das eigne Herz
Bei dieses Fest's Begehung;
Es ist das schönste Freudenfest,
Das Fest der Auferstehung!

Noch drängt des neuen Daseins Grün
Im Keime nur verstohlen,
Und so auch deuten wir den Sinn
In freudigen Symbolen:
Es liegt im bunten Osterei
Der Keim noch still verborgen,
Auf dessen Auferstehung wir
Gehofft in bangen Sorgen.

Doch Jahr' und wieder Jahre sind
Vergebens hingeschwunden,
Seit in Germania's Schooße wir
Das Osterei gefunden!
Seit jenes Frühlings Auferstehn,
Da viele Saaten blühten,
Seh'n wir ein großes, edles Volk
An jenem Eie brüten.

Wohin ist jenes Frühlings Lust,
Wo sind die schönen Zeiten,
Da jubelnd wir mit gläub'gem Sinn
Uns dieses Eies freuten?
Da in des Schaffens neuer Lust
Wir jedem Aufschub grollten,
Und in der Thaten stürm'schem Drang
Die Schale brechen wollten!

Noch immer wollte man das Ei
Zum Spiel uns aufbewahren,
Und unberührt lag's wieder da
Seit vielen — vielen Jahren.
Da sitzen sie auf's neue jetzt
Und rathen, grübeln, denken,
Was sie bei diesem neuen Fest
Uns mit dem Ei wohl schenken.

So können wir's mit jedem Jahr
In neuem Schmucke sehen:
Es ist das ew'ge Osterei
Für Deutschlands Auferstehen!
Und immer wieder tönt das Lied
An unsrer Ostsee Borden, —
Doch fürchten wir, daß schon das Ei
Ein wenig — faul geworden.

Dritter Abschnitt.

Erzählende Gedichte.

Der ewige Jude.

—

1.

Als Christus der Welt war erschienen,
Ein leuchtender Stern in der Nacht,
Da haben den göttlichen Lehrer
Die Büttel und Schergen verlacht.

Er wollte die Wahrheit und Liebe
Erheben zum göttlichen Thron,
Da ward er verflucht und verfolget
Mit blutigem Spott und Hohn.

Mit Geld ist's dem Feinde gelungen,
Zu stürzen die göttliche Macht,
Für Geld hat ihn Judas verrathen,
Für Geld ihn an's Kreuz gebracht.

Am Kreuz starb der Wahrheit Verkünder,
Doch uns traf ein härter Geschick;
Die klingenden Silberlinge,
Sie blieben als Fluch uns zurück!

Es hat die gemordete Liebe
Verflucht uns für alle Zeit,
Uns wird die gekreuzigte Wahrheit
Verfolgen in Ewigkeit.

So oft sie am Kreuz sich geschüttelt,
So oft auch nach Freiheit sie rang,
Stets tönten die Silberlinge
Ihr wieder den Grabgesang.

2.

Es haben die Jünger die Lehre
Getragen in's weite Land,
Der Sturmwind führte sie weiter
Als ewig mahnenden Brand.

Und plötzlich in nächtlicher Stille
Da krächzt sie den Schläfern in's Ohr,
Und sprüht in den finstersten Nächten
Als leuchtende Flamme empor.

Bald hat sie viel Herzen entzündet,
Bald hat sie viel Schläfer geweckt,
Bald hat sie vom Grabe der Wahrheit
Die schlummernden Wächter geschreckt.

Wie oft aber Männer als Helden
Zum Kampfe erhoben das Schwert,
Stets ist auch der alte Verräther
Der Judas wiedergekehrt.

Das sind die Silberlinge —
Der ewige Fluch, das Geld,
Und so zieht als der ew'ge Jude
Der Eigennutz durch die Welt.

Die Ziska-Trommel.

—

Der Ziska in dem Böhmerland
Das war ein starker Held,
Bekämpfend mit dem Flammenschwert
Die lasterhafte Welt.
Der hatte wacker eingeheizt
Den Mönchen und den Pfaffen
Und selbst des Kaisers mächt'ges Heer
Bekam mit ihm zu schaffen.

   Mit Brand und Schwert hat er gerächt
Den Tod des edlen Huß,
Der auf dem Scheiterhaufen starb
Sammt dem Hieronymus.
Geliebt war er und hochgeehrt
Von seinen Taboriten
Und keinem Feind es je gelang
Die Spitze ihm zu bieten.

Und als er todt, da hatte man,
Wie er's befohlen, schnell
Des Heldenschädels Haut gemacht
Zu einem Trommelfell.
Und wann, wie er's hat prophezeit,
Die Trommel ward gerühret,
So wurde das Hussitenheer
Zum Siege stets geführet.

So übte Ziska selbst im Tod
Noch seine alte Macht,
Und über seine Krieger hat
Noch lang' sein Geist gewacht.
Und mochte auch des Feindes Heer
Viel Meilen Erde decken,
Sobald die Ziskatrommel scholl
Erfaßt' sie Grau'n und Schrecken!

Die Trommel rasselte im Sturm
Mit wunderbarem Klang
Und bald begleitete ihr Ton
Der Helden Siegsgesang.
Es stürzt der Taboriten Schaar
Gleich einem Flammenmeere
Zerstörend und vernichtend sich
Auf ihrer Feinde Heere.

Allein die Trommel ist nicht mehr
Und seit sie sprang entzwei,
Da war es mit der Tapferkeit
Des Volkes auch vorbei.
Sie wollten fürder keinen Kampf
Mehr ohne Trommel wagen,
Und ließen nun vom Feinde sich
Die eignen Felle schlagen.

Was soll die Trommel? Wer sie braucht,
Dem ist sie nichts mehr nütz —!
Sie konnten siegen — wollten sie's —
Auch ohne Aberwitz.
Die Trommel war nur ein Symbol
Dem früheren Geschlecht,
Und ihre wunderbare Macht
War nur — des Volkes Recht!

———————

Das Stiergefecht.

—

Von der Kirche Isabella
In der castilian'schen Hauptstadt
Kam die junge Catalina,
Eine andalus'sche Schöne.
Und durch ihren schwarzen Schleier
Nach den schwärzern Augen brannten
José Polo's glühnde Blicke,
Denn er liebte Catalina.

José auch war schön zu nennen,
Und zum Lieben ganz geschaffen;
Dabei war es ihm gegeben,
Seines Herzens ganzes Fühlen
In Romanzen auszudrücken,
Die er, seiner Schönen denkend,
Dichtete in süßen Träumen
An des Manzanares Ufer.

5

Als einst José, hingerissen,
Sie umschlang mit kühnem Drucke
Und die lockende Syrene
Fragte, ob sie nimmer würde
Gleiche Liebe zu ihm fühlen
Und erwidern seine Triebe,
Sprach die schöne Catalina
Also zu dem Liebesritter:

Ei, Sennor, eh' meine Liebe
Einem Manne ich darf schenken,
Muß zuerst er für mich wagen,
Denn ich kann den Mann nur lieben,
Wo ich ihn auch kann bewundern.
Laßt die Grillen, sprach drauf José,
Liebe sucht allein nach Liebe,
Und die findet ihr bei José.

Könnt ihr mir nicht mehr gewähren?
Fragte spöttisch Catalina,
Sind dies eure ganzen Thaten,
Meine Liebe zu erringen?
— Singen kann ich zur Guitarre,
Singen, schöne Catalina,
Und Romanzen kann ich dichten,
Die ich alle dir nur weihe.

Ei, Sennor, von einem Manne
Darf ich mehr, viel mehr begehren;
Könnt ihr auch als Mann euch zeigen,
Könnt ihr kämpfen mit dem Schwerte,
Mit dem Starken kühn euch messen?
— Ei, wohl kann ich's, doch weßwegen?
Kämpfen laß den Toreadore,
Liebe schafft, und Kampf vernichtet.

Aber wieder sprach die Schöne:
Kämpfet erst um Catalina,
Eh' ihr wollt, daß sie euch liebe,
Sucht ihr Liebe bei dem Weibe,
Will vom Mann ich Kraft und Thaten.
Meßt euch kühn erst mit dem Stiere,
Ueberwindet erst den Starken,
Dann will ich, Sennor, euch lieben.

Und so ward der arme José
Stets auf's neu' zurückgewiesen
Und er dichtete Romanzen
Mehr als je im Liebesdrange,
Doch sie sprach, wenn er sie brachte:
Erst mögt ihr den Stier bekämpfen,
Mit dem Starken kühn euch messen,
Und dann mögt ihr Liebe fordern.

Endlich mußte wohl nun José
Zu dem Kampfe sich bereiten,
Erst als Picador sich übend
Jede Wendung mit dem Pferde;
Warf dann mit der Banderilla,
Was ihm endlich trefflich glückte,
Bis er's brachte zum Espada
Mit dem Schwert und der Muleta.

II.

Stets lebend'ger ward das Wogen,
Das sich dichter aus den Straßen
Zog in heiterm Festesglanze
Nach dem Thore von Alcala.

Denn hier prangte die Arena,
Die Madrid in jeder Woche
Füllte in den ries'gen Räumen
Zu dem großen Stiergefechte.

Und in feierlichem Zuge
Nahten sich die Toreadores
Hoch zu Rosse, und die Chulos,
Spaniens Künstler heut und Helden;
Von dem Volke hochgepriesen,
Wen der Tag als Sieger krönte,
Doch verachtet und vergessen,
Wer im Kampf erlag dem Stiere.

Viele tausend seidne Fähnchen
Und ein Meer lebend'ger Fächer
Dunkeläug'ger Spanierinnen
Wogte bunt in der Arena,
Bis aus reich geschmückter Loge
Von der Königin das Zeichen
Der Corregidor erhalten,
Um das Kampfspiel zu beginnen.

Furchtbar schmettern vom Orchester
Zum Beginn jetzt die Trompeten
In den fürchterlichsten Tönen
Und die Schaar der Picadores,
Mit den Chulos im Geleite,
Zeigt sich jetzt in der Arena,
In den Trachten span'scher Ritter
Mit verzierten stumpfen Lanzen.

Und mit neuem Lustgeschmetter
Von der Bande des Orchesters
Wird der Zwinger nun geöffnet,
Der den Stier hielt eingeschlossen;

Der, gereizt durch Durst und Hunger,
Aus des Zwingers finsterm Raume
Von dem Glanze fast geblendet,
Wüthend schaut in die Arena.

Brüllend zeigt er an sein Kommen;
Mit verbundnen Augen hören
Schaudernd diesen Ton die Rosse,
Denn sie wittern das Verhängniß.
Und die Picadores harren
Und es glühn des Stieres Augen
Und die rothen Nüstern schnauben
Wuth und Rache für den Frevel!

Wuth und Rache, daß der Edle
Ward gefangen aus der Sierra,
Wo er unumschränkt gebietet
Und der Erde Herr sich fühlte.
Er, der Starke, jetzt gefangen
Durch die Tücke schwacher Menschen,
Stampfend spritzt er weit den Sand hin
In die Räume der Arena.

Wüthend nun in kurzen Sprüngen,
Vorgestreckt der Hörner Spitzen,
Stürzt er sich dem Feind entgegen.
Doch der Hörner lange Spieße
Treffen nur des Rosses Weichen,
Denn gefaßt auf solchen Angriff
Hat mit schnellem Sprung der Reiter
Selbst dem Unheil sich entzogen.

Doch der Stier, getäuscht vom Chulos,
Sucht die andern zu erreichen,
Die ihn locken nach der Bande.
Wie der erste, so der zweite,

Bis die Rosse alle blutend
Hingestreckt am Boden liegen
Und die Reiter gleichem Schicksal
Schnell und listig sind entgangen.

Nur der Stier bleibt auf dem Felde,
Und er hält sich, Unheil ahnend,
Kampfbereit, doch fern vom Ziele.
Bis der zweite Trupp der Kämpfer
Mit den bunten Banderillos
Jetzt erscheint in der Arena,
Zu dem blutig drohnden Spiele,
Neu des Thieres Wuth zu reizen,

Und der Stier fühlt spitze Stäbe
Mit geschärften Widerhaken,
Gut gezielt nach seinem Rücken,
Tief sich in das Fleisch ihm wühlen;
Daß er bald voll Wuth und Schmerzen
Kreuzt die Weite der Arena,
Seine Pein'ger zu erfassen,
Die behende ihm entwischen.

Und des edlen Thieres Wüthen —
Schrecklich war es anzuschauen,
Bald im Schmerze hoch sich bäumend,
Bald in rasend schnellen Sprüngen
Mit den langgespitzten Hörnen
Stürzt er wüthend nach den Feinden,
Bis sie Alle, schnell sich schützend,
Sind entronnen dem Gewalt'gen.

Furchtbar schnaubt der Stier nach Rache,
Denn die scharfen Eisenspitzen,
Ihm im Fleische wühlend, treiben
Ihn zu immer größerm Wüthen.

Da erscheinet der Espada,
Jetzt allein mit ihm zu kämpfen,
Und auf ihn, des Tages Helden,
Richten sich nun Aller Blicke.

Denn wenn er im Stoße fehlte,
Den er mit dem kurzen Schwerte
Führen muß nach einer Stelle
Hinter'm Kopfe seines Feindes,
Ist verloren der Espada,
Und kein Aug' in der Arena
Weiht dem Todten eine Thräne,
Der besiegt ist und verachtet.

Diesmal war's der gute José,
Der dem Stiere trat entgegen
Mit dem Schwert und der Muleta,
Um die Liebe Catalina's
Heut als Held sich zu verdienen
In dem Kampf auf Tod und Leben,
Während Catalina selber
Freudig schaut auf José Polo.

Dieser stand nun, kampfgerüstet
Mit dem Schwerte in der Rechten,
In der Linken die Muleta
('s ist das Tuch von rother Farbe,
Um des Thieres Blick zu täuschen).
Also stand der neue Held nun
Heute da zum erstenmale
Vor der hochgespannten Menge.

Da, zur höchsten Wuth getrieben,
Sieht der Stier von jener Seite
Nach dem brennend rothen Tuche,
Senkt den Kopf und zeigt die Hörner,

Seine fürchterlichen Waffen,
Und in einem Augenblicke
Sprengt er weit durch die Arena
Wüthend nach dem letzten Ziele!

Athemlos war jetzt die Menge,
Denn ein Augenblick entscheidet,
Ach, für José war's ein schlimmer,
Denn der Arm, der ungeübte,
Fehlte die gewisse Stelle
Nach des Thieres stolzem Rücken
Schnell erfaßt und von den Hörnern
Aufgespießt ward der Espada,
Weithin durch die Luft geschleudert.

Donnernd bricht des Beifalls Tosen
Aus der dichtgebrängten Menge
Jetzt hervor in die Arena
Für den Stier, den sieggekrönten!
Also starb der gute José. —
— Catalina aber hatte
Von den andern Toreadores
Einen schon sich ausersehen.

Die Schiller-Feier.

(1859.)

———

Mehr als ein halb Jahrhundert ist verflossen,
Sprach Zeus und zeigte auf des Dichters Thron,
Seit wir dem auserwählten Erbensohn
Die Himmelsthore freudig aufgeschlossen,
Warum denn feiern wir den Tag nicht auch,
Wie's auf der Erde bei den Menschen Brauch, —
Den Tag, da er das Licht der Welt erblickt,
Der uns, sowie die Menschen hat entzückt? —
Drum wer ihn liebt, der mag ihn heut besingen,
Und seine Wünsche ihm und Gaben bringen.

Da Zeus gesprochen, sammelten sich bald
Die Schaaren, die des Dichters Allgewalt
Durch seinen kühnsten Flug der Poesie
Befestigt in der Menschen Fantasie.
Des Himmels Räume wurden fast zu enge
Für die dem Dichter nah'nde bunte Menge;

Die Heldenjungfrau mit bescheid'nem Sinn
Kam neben Schottland's schöner Königin,
Der finstere Philipp dort — vom blut'gen Thron —
Reicht seine Hand dem freien Schweizersohn,
Ja selbst Messina's unglücksel'ge Brüder
Sehn zu des Dichters Ruhm sich heute wieder.
Und wer sich noch so fern im Leben stand,
Es fesselt Alle heut ein gleiches Band.

Der Dichter aber blickt mit mildem Lächeln
Auf die Gestalten, die ihm wohlbekannt,
Er fühlt — gleich einem Traum aus fernem Land
Von der Geschichte Geist die Stirn umfächeln,
Er sieht sie wieder, die entschwund'nen Geister,
Die er der Menschheit treulich aufbewahrt,
Und froh ergriffen spricht der edle Meister
Zu Denen, die sich heut um ihn geschart:
Seid mir gegrüßt, ihr — meines Lebens Träume,
Ihr, meines Lebens Lust und Pein zugleich!
Nur Schatten zeigen mir jetzt diese Räume,
Verklärte Schatten aus dem irb'schen Reich;
Doch auch nur Schatten wart ihr mir auf Erden,
Gebilde nur durch meines Geistes Müh';
Und könntet — was ihr wart, — ihr wieder werden, —
Ihr grolltet wohl mit meiner Poesie! —

Doch preisend scholl es jetzt aus jedem Munde:
Weh' dem, der diese Poesie nicht ehrt, —
Sie hat die Wirklichkeit zum Ideal verklärt,
Und uns zu deinem Ruhm vereint in dieser Stunde!

Nun schlang sich aus der frohen Geister Mitte
Der Musen Kranz um den geliebten Sohn;
Mit leichtem, äthergleichem Götterschritte
Umwoben sie des hohen Dichters Thron.

Es brachte Jede eine Göttergabe
Dem Dichter, der auf sie herniedersah;
Thalia mit dem leichten Hirtenstabe,
Euterpe, Klio, Polyhymnia!
Nur Eine noch — mit tiefen Ernstes Sinnen —
Blieb vor der Andern Reigen still zurück,
Sie wollte ihn allein — und ganz gewinnen,
Und sehnend ruht auf ihm ihr feuchter Blick.
Er aber sah's und rief mit wonn'gem Beben:
Melpomene! — kommst du nicht auch zu mir?!
Hab' ich nicht dir geweiht mein halbes Leben, —
Mein bestes Blut — gehörte es nicht dir?!
Da schlang die Göttliche die schönen Arme
Um des geliebten Dichters edles Haupt;
Und sprach zu ihm: O, daß mein Herz erwarme
An dem, das mir — der Erbe ward geraubt!
Seit du entschwebtest zu des Himmels Glanze
Und auf — zu deinen Sternen mußtest ziehn,
Seh' ich von meines Hauptes Epheukranze
Nicht einen Keim mehr treiben frisches Grün,
Und mög' ein neuer Liebling auch erscheinen, —
Um dich werb' ich doch ewig — ewig weinen!
So klagend preßte sie an ihren Busen
Mit Thrän' und Kuß das edle Dichterherz,
Und durch die Schaar der Geister, wie der Musen,
Ging wie ein Pfeil der Göttin bittrer Schmerz.

Da plötzlich tönten wunderbare Klänge
Aus weiter Fern' empor zum Himmelszelt;
Wie aus der Tiefe schollen Lobgesänge, —
Ach! aber — Töne waren's einer andern Welt.
Und wie auch Alle noch dem Schalle lauschen,
Blieb Jedem doch die Deutung unbekannt;
Nur Er — der Dichter — kannte dieses Rauschen —!

Es kam aus seiner Eichen Heimatland!!
Er hört aus seines Volkes frohen Kreisen
Von deutschen Brüdern ihren Dichter preisen!
Und Wort und Lied, — und Glas und Becher klang
Zu seinem Lob beim festlichen Gesang!

Da konnt' er nicht sein volles Herz mehr halten, —
Zeus! rief er, schenke mir nur einen Tag —
Im Jahr nur einen, frei damit zu schalten,
Wenn ich zur Erde niedersteigen mag!
Nur einmal mich auf Erden zu erfreu'n,
Laß meinen Geist bei meinem Volke sein!

Der Gott der Götter hat den Wunsch gehört. —
Ob auch erfüllt — ? —

Laßt's unsre Herzen fragen,
Wenn sie für ihn, den diese Feier ehrt,
Für unsern Dichter voll Begeist'rung schlagen!
Er ist bei uns, wenn in des Menschen Brust
Das Gute und das Schöne sich verbindet,
Und wenn, des ew'gen Sieges sich bewußt,
Sich liebend uns ein höh'rer Geist verkündet.
Wenn in des Zwiespalts und der Zweifel Qualen
Der Geist der Eintracht mächtig uns ergreift,
Und wenn die Fantasie nach Idealen
Voll ew'ger Sehnsucht in den Aether schweift!
Er ist bei uns, und nicht in dieser Stunde,
Und nicht an diesem Tage nur allein,
Aus jedem Herzen tönt's und jedem Munde:
Er ist bei uns und mög' es ewig sein!

————

Der Sohn des Imam.

—

1.

Jahre waren schon dahingegangen,
Seit im Kaukasus die freien Stämme,
Alle, die des herrlichen Propheten
Kasi-Mullah's Lehre hat vereinigt,
Seit die ganze Tschetschna, wie auch Schamchal
Und noch andre Stämme der Müriden,
Durch der Russen Uebermacht geschlagen
Ganz zurückgedrängt auf Himri waren.
Himri unterlag dem Sturm der Russen
Und im blut'gen Kampfe der Verzweiflung
Fiel der große Kasi-Mullah selber
Und mit ihm sechstausend der Müriden.

Aber nuter jenen tapfern Helden,
Die des Feindes tödtlich Blei verschonte,
War der Eine auch, der jetzt auf's neue
Lenken sollte der Müriden Schicksal.

Schamyl war es, aus der Koibussa,
Der, verwundet zwar, den Weg sich bahnte
Nach des Hamsat Beg geschütztem Lager.
Schamyl war es, der nach Hamsat's Tode
Uberkam den Mantel des Mürschiden
Und ein Held ward, wie vor ihm kein Andrer.
Denn nicht tapfer nur, auch klug war Schamyl,
Und nach großem tiefdurchdachtem Plane
Wußte er die Kriege jetzt zu leiten.

Gut befestigt war er in Achulgo,
In den Bergen tief von Daghestanien.
Und hier wollte er den Feind erwarten,
Der schon mächtig von Awarien nahte.
Unterlegen waren bei Arguani
Schon des Imam tapfere Tschetschenzen;
Nach Achulgo konnten sie noch fliehen,
Wo der Imam hinter Felsenwällen
Trotz bot der Belagrer Feuerschlünden.

Zweimal stürmt der Feind die Burg Achulgo,
Zweimal auch ward er zurückgeschlagen.
Doch Zerstörung war schon in der Feste
Und der Todesengel würgte furchtbar.

Zwischen Trümmern nur noch konnte Schamyl
Opfern seine letzten schwachen Kräfte,
Und beim dritten Sturme auf Achulgo
Zog der Russe über Trümmerhaufen,
Ueber Blut und Leichen in die Feste
Auf den Schauplatz gräßlicher Verwüstung

Schamyl selbst entkam — ein Wunder Allen,
Die ihn zwischen brennendem Gebälke,

In dem Dampfe stürzender Gemäuer
Ueber Leichen kämpfen sah'n und bluten.

Aber ward auch mit Achulgo's Falle
Jetzt die Macht des Helden schwer erschüttert,
Traf ihn selber noch ein anders Unheil.
Schlimmres, als in ihm den Helden beugte,
Traf in ihm dabei das Herz des Vaters.
Denn ein Sohn, der kleine Dschemal-Eddin,
Der noch spielte mit des Vaters Dolchen,
Lachend ihm den vollen Bart durchwühlte,
Dschemal-Eddin, Schamyl's kleiner Knabe,
Ging verloren in dem blutgen Kampfe.

Unter Trümmern sah er schon den Knaben,
Da er selbst um's Leben mußte kämpfen.
Doch ein Lesghier brachte ihm die Botschaft,
Daß den Knaben nicht der Tod ereilte;
Denn der Lesghier sah es, wie ein Reiter
Aus der Schaar der eingedrungnen Feinde
Ihn barmherzig auf sein Pferd genommen.
Und so war gefangen Schamyl's Knabe,
In den Händen der verhaßten Feinde.

Auf Vergeltung sann der tapfre Imam,
Dachte er des Falles von Achulgo,
In den Gürtel griff er rachedürstig. —

Aber wenn er seines Knaben dachte,
Den der Russe aus den Bergen führte,
Der der Heimat fern, da rann dem Helden
Eine helle Thräne in den Bart.

————————

2.

Große Thaten nun vollbrachte Schamyl,
Da zu Itschkeri er in den Wäldern
Predigte den heilgen Krieg auf's neue
Gegen den verhaßten Feind, den Russen.
Und die Völker rief er jetzt zusammen
Von der Sundscha bis zu Kasikumik,
Und der Russen Feldherr ward geschlagen,
Und Awarien fiel in Schamyl's Hände.
Weithin reichte nun die Macht des Imam,
Von der Sundscha Strömung bis zum Süden,
Wo des Samur Quellen sich vereinen;
Bis Ossetien hin und bis Tuscheti
Herrschten nun des Priesterkönigs Naibs,
Recht zu üben in des Imam Namen.

Aber wechselnd war das Glück des Krieges
Und der neue Feldherr der Ungläub'gen
Hatte siegreich manchen Kampf bestanden,
Ward gedrängt dann wieder und geschlagen
In den Felsenschluchten durch den Imam,
Der in seiner starken Feste Dargo
Lange Jahre sicher konnte wohnen,
Bis auch sie errungen ward vom Feinde.
Doch von Dargo's Trümmern eilte Schamyl
Ungebeugten Muthes nach der Tschetschna,
Und mit zwanzigtausend Reitern zog er
Nach dem Terek hin bis zur Kabarda,
Neue große Siege zu erfechten.

Fünfzehn Jahre waren nun vergangen,
Seit Achulgo sank in Rauch und Trümmer,
Seit er seinen Knaben dort verloren.

Und ein Ueberläufer aus Awarien
Kündete dem Imam, daß sein Knabe
In der Kaiserstadt des Feindes wohne,
Auferzogen im Soldatenstande,
Und im kaiserlichen Heere diene
Tod war Dschemal-Ebbin's schöne Mutter,
Die der Imam stets am meisten liebte,
Und mit neuem starkem Drang des Herzens
Dachte er des Sohns, des erstgebornen,
Träumte, wieder ihn an's Herz zu drücken
In der Heimat schönem freiem Lande.

Und zwei Fürsten vom Georgierstamme
Waren in des Imam Hand gefallen;
Reiches Lösegeld ward ihm geboten,
Daß er die Gefangnen ziehen lasse.
Aber Schamyl dachte seines Sohnes,
Seines kleinen, blondgelockten Knaben,
Den er nicht gesehn seit fünfzehn Jahren,
Seit dem schweren Falle von Achulgo.
Und für der Gefangnen Freiheit fordert
Seinen Knaben jetzt zurück der Imam.
Lange währt' es, bis auf beiden Seiten
Ward des andern Theiles Wunsch erfüllet;
Große Opfer mußte Schamyl bringen,
Wieder zu erlangen Dschemal-Ebbin,
Seines liebsten Weibes Erstgebornen.

Vor der Sonne erstem Morgenschimmer
Lag der Imam bei Gebet und Fasten
Harrend bis zum Untergang der Sonne,
Aus dem Koran Allah's Gnade flehend;
Und so wieder bis zum nächsten Morgen,
Da er nach des Aoul's höchstem Punkte

6

Schweren Herzens seine Schritte lenkte,
Weil noch immer säumte Dschemal=Eddin.

Da — sein dunkles Auge blitzte freudig,
Als ein fremder Jüngling nun sich nahte,
Den des Landbezirkes Naïb führte,
Zwanzig der Müriden im Gefolge.
Wenige Minuten nur vergingen,
Und des tapfern Imam glänzend Auge
Schaute froh das Antlitz seines Sohnes,
Den er zitternd hielt in seinen Armen.

———

3.

Also du, sprach Eddin, bist mein Vater,
Und der große Feind des großen Kaisers?
— Und da ihm der Held ins Auge blickte,
Gleich, als dacht' er seiner Kindheit Zeiten,
Senkte Eddin seinen Blick zur Erde —
Und der Imam fiel in tiefes Sinnen.

Schamyl's Frauen waren viel beschäftigt,
Um des Jünglings Sinne zu erheitern;
Sie bereiteten die besten Speisen,
Reichten ihm die schönsten Seidenkleider;
Und dem Sohne zeigte Schamyl selber
Lächelnd stolz den Schmuck des eignen Hauses,
Das er nach der Europäer Sitte

Schön mit Mauerwerk, mit hellen Fenstern
Erst erbauen ließ vor wenig Monden.
„Nicht die Hütte ist es," sprach der Imam,
„Die du hast geschaut in deiner Kindheit,
„Nicht von Lehm und Zweigen schlecht befestigt,
„Wo wir auf dem Dache fröhlich saßen.
„Unter unsers Himmels reiner Bläue." —
Und der Sohn besah das Haus des Vaters,
Und er sah die Hütten der Müriden,
Wie sie aus der Kindheit frühsten Tagen
Schwach nur in Erinn'rung ihm geblieben.
Aber nicht die Hütten der Müriden,
Nicht das gutgebaute Haus des Vaters
Konnten seinen trüben Blick erhellen, —
Und der Imam senkt' das Haupt voll Trauer.

In den Bergen suchten seine Frauen,
Um die schönsten Früchte dort zu sammeln,
Daß sie auf des Imam Tische prangten,
Und des Sohnes Aug' sich dran ergötze.
Schamyl gab ihm seine besten Waffen,
Um den Hirsch und Bären zu erlegen.
Aber nichts von Allem freute Ebbin,
Stumm und trübe blickt sein blaues Auge,
Und der Imam sah's und war voll Trauer.
Einsam wandelt Ebbin nach den Bergen
Stieg auf eines Felsen steile Höhe
Und mit schwermuthtrübem Blicke schaute
Er nach Westen, wo die Abendsonne
Röthlich ließ erglühen Berg und Thäler.
Und er dachte seiner schönen Stunden,
Der Gefährten in der Stadt des Kaisers,
Und des Christengottes Herrlichkeiten.
Seine Wangen aber wurden bleicher —
Und der Imam sah's und war voll Trauer.

6*

Und des Jünglings Hand ergreift der Imam,
Weiter ihn zu führen nach dem Osten;
Wohl neun Stunden gingen sie des Weges,
Bis sie Halt gemacht an einer Stelle,
Wo um einen weiten, grünen Rasen
Hat der Ahorn einen Kranz gebildet.
Und an einen Hügel tritt nun Schamyl,
Deutend auf den Boden mit der Rechten,
Seine Linke auf des Sohnes Schulter,
Zu ihm sprechend: Hier ruht deine Mutter.

Tiefbewegt und zitternd beugt der Jüngling
Lautlos nieder sich auf jene Stelle,
Sie zu küssen, seine Mutter Erde.
Und des Imam Herz nährt frohe Hoffnung.

Lange blieb in brünstigem Gebete
Dschemal-Eddin liegen auf der Stelle,
Wo zum erstenmal, so lang' er dachte,
Liebend er gefühlt das Herz der Mutter,
Und der tapfre Imam lobte Allah!

Wieder auf dem Heimweg waren Beide,
Als nun Schamyl also sprach zum Sohne:

„Seit ich dich verloren bei Achulgo,
Da du noch ein blondgelockter Knabe,
Fühlte auch mein Herz nach dir Verlangen
Seit so vielen Jahren der Entbehrung
Kann ich wieder meinen Sohn umarmen;
Doch nicht Eddin bist du mehr, mein Knabe,
Bist in fremder Sonne groß geworden,
Hast dein Herz bei jenem Volk gelassen,
Bei den Fremden, die uns unsre Freiheit

Rauben wollen, wider Allah's Willen,
Warb's ein Fremder selbst dem Vaterherzen,
Und ein Fremder in der schönen Heimat.
Wohl mein Sohn, ich laß dir deinen Willen,
Geh' zurück, wohin dein Herz verlanget,
Geh' zurück zu deiner Väter Feinden,
— Geh zurück, — ich will den Sohn vergessen."

Dschemal-Eddin aber sprach: Ich bleibe,
Bleibe nun bei dir und in der Heimat.

Und er blieb, — doch seiner Heimath Erbe
Wollte sichrer ihren Sohn bewahren;
Und der Krankheit Gift warf ihn auf's Lager,
Daß er nimmer sollte auferstehen.
Wen'ge Tage nur, da stand der Imam
Vor des bleichen Jünglings kalter Leiche.
Und mit thränenvollem Blick sprach Schamyl:
Wer ist nun der größ're Gott, ist's Allah,
Der den Todten hier zurück mir brachte? —
Oder ist's der blut'ge Gott der Christen,
Der des Sohnes Herz mir hat entwendet? —

Die Geburt des Dichters.

—

Ein Festspiel.

—

(Bei Gelegenheit des 10. November 1859 aufgeführt.)

Die Geburt des Dichters.

Am Fuße des Berges Parnassus.

(Ueppige Gegend voll Blumen und Waldung.)

Apollo, Melpomene, Polyhymnia, Thalia, Erato, Klio.

Die Musen Melpomene, Thalia, Polyhymnia und Erato lagern an verschiedenen blumigen Erhöhungen mit dem Ausdruck von Trägheit und Theilnahmlosigkeit. Nur Klio steht vorn seitwärts an einem Felsen und schreibt mit tiefem Ernste auf ihre Tafel.

Apollo (tritt auf.)

O trüber Tag! Der Nebel lagert sich
Auf meine Brust mit ungewohnter Schwere,
Und meine einst so freie heit're Stirn
Ich fühle sie umwölkt von Langeweile,
Dem Schrecklichsten, was Göttern kann begegnen,
Die nur in freudiger Bewegung leben
Und im Genuß ihr Dasein nur empfinden.
Ja, menschlich haucht mich Langeweile an,

Denn meine Musen liegen träge da;
In Schläfrigkeit versunken haben sie
Die Pflichten ganz vergessen, die an mich
Sie binden und dem Götterdienste weihn.
Euterpe und Terpsichore sie sind
Am eifrigsten bedacht noch, den Olymp
Mit ihren schönen Künsten zu ergötzen,
Und wenigstens den Damen zu gefallen;
Doch halb nur ist die Thätigkeit der Musen,
So lange diese hier mit ihren Kräften feiern,
So lange hier, um des Parnassus Höhen
Wie an des Pindus Fuß und Helikon
Die Nebel lagern und den Sinn umschleiern.
Erhebt euch! Musen! hört das Wort des Führers,
Dem ihr Gehorsam schuldet, wie dem Zeus!

Klio.
(sich ernst umwendend und ihm Schweigen gebietend.)

Pst!

Apollo.

Wie, Klio? dich auch muß ich hier erblicken
Und ganz voll Thätigkeit? Was schaffst du so in Eile?

Klio.

Hörst du den Donner der Kanonen nicht,
Der von der Erde dorther, wo Borussia
Die Starke herrscht, zu uns herüber tönt?
Der große Friedrich führt das Schwert der Schlachten
Allein im Kampfe gegen eine Welt.
Ein Held und Herrscher, wie seit Cäsar's Thaten
Kein Zweiter hier auf meinen Tafeln glänzt;
Ein Fürst, in dem die Kühnheit Hannibal's
Mit Cäsar's und mit Karl's des Großen Geist

Vereint sich findet einzig, unvergleichlich,
Und was von ihm ich zu berichten habe,
Steht unvergänglich strahlend hier geschrieben
In meinen Büchern ihm zu ew'gem Ruhm!
Den Erbtheil wird sein Kriegsschwert umgestalten,
Ein neuer Geist durchzuckt sein Flammenblick
Elektrisch wie ein Blitz Europa's Lande;
Sein starker Arm erschafft ein neues Volk,
Das jung und kräftig, frei und edelsinnig
Dereinst zu jener Größe wird gelangen,
In welcher jetzt allein sein Herrscher strahlt!

Apollo.

So magst du walten denn, wie's dir geziemet,
Ich will dich nicht in dem Beginnen stören.
Ihr Andern aber, was kann euch bewegen,
Thatlos zu feiern, weil die Eine schafft!
Thalia, sprich, ich kenne dich nicht mehr.

Thalia.

Ich fühle mich nicht frei in meiner Kraft,
Der Ernst hat mir den Lebenstrieb getödtet,
Mein Hirtenstab kann nicht auf Fluren wandeln,
Wo ihn das Kriegsschwert zu vernichten droht.
Ich fühl's, o Herr, das ist nicht meine Zeit,
Ich will sie nützen, wenn sie wiederkehret.
Jetzt aber ist die Kraft in mir gelähmt,
Und Keiner wird mich so willkommen heißen.

Apollo.

Du aber, Polyhymnia, du kannst
Dich nicht in gleichem Fall wie diese wähnen;
Dir steht die Macht der Rede zu Gebot,

Jetzt ist es Zeit, jetzt lasse sie ertönen
Zu großen Thaten der Begeisterung.

Polyhymnia.

Ich kann nicht reben, wenn das Schwert gebeut,
Ich darf nicht reben, wenn die Thaten sprechen.

Apollo.

Ihr könnt nicht, bürft nicht? wollt nicht, störr'sche
Geister!
Ihr seib nicht da zum Dürfen, nur zum Wollen.
Melpomene — bu schweigst, und scheinst voll Trauer?
Solch thatlos Schweigen kenn' ich nicht an bir,
Dich brauch ich nicht zur Lust zu überreden,
Denn beine Strenge ist mir wohl bekannt.
Doch kannst bu nicht zu heiterm Sinn bich zwingen,
So flamme, zürne! aber schweige nicht!
Beklagst bu beiner Laune jüngste That
In Frankreichs vielgelobtem heitern Lande,
Daß bu mit bem Kothurn auf bem Parquet
Erato's unb Terpsichore's stolziertest,
Unb wieber bas Gewand entschwundner Zeiten,
Die Toga schlugst um ber Perrücken Pracht?
So schaffe Neues, bir legt keine Zeit
Unb kein Gebot die Pflicht bes Schweigens auf.

Melpomene.

Ich wanble sinnenb schon auf Deutschlanbs Fluren,
Wo neues Leben ringt mit neuer Kraft.
Schon ist ein kühner Streiter auferstanden.
Ein Jüngling aus Camenz, 'nes Pfarrers Sohn,
Um frei unb stark mit schneidend scharfer Waffe
Zu züchtigen bie breiste Aftermuse,

Und Jene, die ihr huld'gen ohne Scheu.
Ein wahrer Ritter ohne Furcht und Tadel!
Doch wie er herrlich auch die Lanze schwingt,
Und wie er auch zu meinem Ruhme streitet,
So ist er doch der Pflüger nur, der kräftig
Und weise erst den Boden schaffen kann,
Auf dem die Saat dereinst soll Früchte tragen.

Apollo.

So laß vollenden ihn, was er begann,
Und Ruhm werd' ihm zu Theil für alle Zeiten!

Melpomene.

Doch neue Kräfte braucht der neue Boden,
Denn mächtig drängt hervor ein neuer Geist,
Der gleich dem Phönix aus dem Schutt
Und aus der Asche der verbrannten Tempel steigt.
Im Westen, in der alten Stadt am Main,
Sehn wir den Knaben hoffnungsvoll erblühen,
Dem — ein Decennium ist seitdem entschwunden —
Die Musen huldigten an seiner Wiege.

Apollo.

Wird er allein, was ihr gewollt, vollführen?
Wollt Alle ihr in ihm euch wiederfinden?
Vertheilet eure Gaben, leget nicht
Des Göttlichen zu viel in eine Menschenbrust,
In eines Sterblichen geweihte Seele;
Denn nur zu oft, wenn ihr zum Menschen steigt,
Bereitet ihr dem Segenspender Qual.
Theilt eure Gaben, theilet auch die Schmerzen,
Wie sie der Mensch zu tragen fähig ist.

Thalia.

Was willst du also, Herr, das jetzt geschehe?

Apollo.

Gebt jenem Knaben einen Pylades,
Der seinem Geist verwandt ist und doch anders;
Das Beide zwar verschieden, doch harmonisch
Als Theile zu dem großen Ganzen streben.
Wenn nur das Göttliche in Beiden waltet,
So werden sie als Menschen auch sich finden.

Thalia.

Zeig' mir den neuen Stern —!

Erato.

Laß meine Leier
Verführerisch ihn bannen in mein Reich!

Apollo.

Habt nur den Dichter erst, den neuen Dichter,
Sucht eine Hütte erst, aus der er trete
Als gottgeweihter Genius in die Welt,
Aus der wir ihn in den Olymp erheben
Durch seines Flügelrosses Götterflug.
Weis't her den Dichter —!

Melpomene.

Sende aus den Boten,
Der auf die Erde zu dem Menschen steigt,
Dem Sterblichen die Götterkraft verleihe
Mit jenem Trank aus dem kastal'schen Quell,
Der mit dem Zauberflug der Fantasie
Ihn über alle Sterblichen erhebe;

Daß der Geweihte, den er auserkor,
Mit Götterlust das Herz des Menschen fülle,
Und uns, den Göttern, bringe menschlich Leid.

Apollo.

Wohlan! ich will den Götterboten senden,
Doch sollt ihr ihn vor seiner Fahrt nicht sehn,
Daß Neid und Eifersucht von meinen Musen
Ihn nicht verwirre und nicht fehl ihn leite.
Verlaßt mich jetzt, ich send' ihn selber aus,
So wird er, unbeirrt von euren Künsten,
Gewiß den rechten Pfad zu finden wissen.
Geht! bis euch wieder meine Leier ruft.

Melpomene.

Wir sehn beim Mahl uns wieder!

Thalia.

Bei der Tafel

Klio.

Auf des Olympos Höhen!

Erato.

Beim Gesang!

(Die Musen entfernen sich.)

Apollo. (allein.)

So nah' dich mir, du holde Poesie,
Wo du auch schlummerst, werde nun Gestalt,
Daß ich dich kann als meinen Boten senden.

(Ein rother Schimmer erhellt die rechte Seite der Landschaft.)

Apollo.

Ich fühle dich, — in diesem ros'gen Licht,
In dieser Morgenröthe sanftem Schimmer!
Jetzt dünkt mich, daß du in der Rose weilest,
Auf der ein Tropfen Thau wie Purpur glänzt —
So komm, du Holde, daß ich mit dir rede!

Die Poesie.

(hebt anmuthig den Kopf aus einer bis dahin halb geöffneten Rose.
die sich jetzt ganz aufthut.)

Was soll ich, Herr, warum entlockst du mich
Dem schönen Neste, wo's so sanft sich ruht,
Umschlossen von der Blätter süßem Dufte?

Apollo.

Du sollst nicht ruh'n, darum entlock ich dich.
Entsteige nur dem weichen Blätterneste.

Poesie. (springt heraus.)

Da bin ich, Herr!
(Zur Rose gewandt.) Nun stirb, du armes Ding,
Bis ich zu neuem Leben dich erwecke!
Du scheinst in Noth, Apoll? Was soll dein Rufen?

Apollo.

Was fragst du, holde Poesie, willst du
In deinem unbekümmerten Gemüthe
Auch nicht der Noth der Götter achten?
Du hast gehört, gesteh' es willig ein,
Was mich bewogen hat, dich anzurufen.

Poesie.

Du willst, daß ich zur Erde niedersteige,
An eines Menschen Wiege treten soll,

Zu heiligen die Stirn des Sterblichen,
Auf daß der Welt ein neuer Dichter werde.
War's nicht so, Herr?

Apollo.

Es ist wie du gesagt.
Doch eile, denn des Phöbus Sonnenwagen
Gönnt Ueberlegung nicht dem Säumenden.
Du weißt, ich lasse stets dir freie Wahl,
Denn grenzenlos ist deine Zaubermacht
Und deine Gaben theilst du Jedem gern,
Sei's in der Hütte, oder sei's am Thron;
Nur schaffe uns den staubgebornen Sohn,
Daß göttlich Feuer ihm die Brust durchglühe,
Und dem Parnassus neue Lust erblühe!

(Apollo verschwindet.)

Poesie.

Du irrst, Apoll, denn nicht so ohne Wahl
Theil' unter Menschen ich die Gottesgabe,
Weit lieber laß' ich mich bei denen nieder,
Die nichts besitzen, als das Herz für mich,
Das volle Herz, das mir allein gehört.
Die sorgenvoll sich mühen durch das Leben,
Indeß die Menschheit schwelgt in dem Genusse
Der Gaben, die dem Einen ich verliehn.
Erst wenig Monde sind dahingegangen,
Daß ich in Schottlands wald'gem Hochgebirge
Den schlichten Bauer traf am Pflug,
Und zu der Menschheit Priester ihn geweiht.
So schenkt der Arme dann dem reichen Mann,
Was dieser nimmer ihm gewähren kann.
Doch um den Wunsch Apollo's zu erfüllen,
Will ich mich jetzt in leichte Wolken hüllen.

7

Umfangt mich, Nebelschleier, daß ich leise
In eurem Wolkenkleid, verstohlner Weise
Zur schönen Erde mich darf niedersenken,
Um meine Gunst den Sterblichen zu schenken.

(Leichte Nebelschleier senken sich herab.)

In dem ros'gen Dämmerlicht
Schweb' ich jetzt hernieder,
Selber nur ein Traumgedicht
Zu der Erde wieder.

Wohnend auf der Berge Höh'n,
In des Waldes Dunkel,
Auf den Strömen auf den See'n
Und im Sterngefunkel.

Wohnend hoch in blauer Luft
Und im tiefen Thale,
In der Blumen süßem Duft
Und in dem Pokale.

Wohnend auf der Alpen Firn
Und im Wiesengrunde,
Auf des edlen Mannes Stirn
Auf des Weibes Munde.

In des Auges tiefer Glut,
In der Liebe Lächeln,
In des Sturmes wilder Wuth
Und des Zephirs Fächeln.

In den Blümchen, die im Gras
Still verstohlen blühen,
In dem Mondlicht mild und blaß
Wie im Sonnenglühen.

Und so weit im Weltenraum
Schweifen die Gedanken,
In des Lebens schönem Traum
Herrsch' ich ohne Schranken.

Aus des Menschen Paradies,
Das ihm ging verloren,
Ward nur ich zum Troste ihm
Rettend auserkoren.

Und so weit mein Flügel schwebt,
Was mein Hauch zur Lust belebt,
Ueberall voll Harmonie
Preiset man die Poesie.

> (Sanfte Musik ertönt Die Wolken haben ganz den
> Raum eingeschlossen.)

Die Poesie. (nachdem die Musik geendet.)

Umfangen hält mich stille Dämmerung,
Drum will ich rasten hier an dieser Stätte,
Wohin der Wolke Flug mich hat geführt.
Entweicht, ihr Nebel, daß ich klarer schaue;
Ihr Sterblichen, die ihr dies Land bewohnt,
Wer seid ihr und wohin bin ich gekommen,
Verkündet mir's damit ich euch vertraue.

> (Während die Wolken sich theilen, hört man aus der
> Ferne den Gesang eines deutschen Liedes.)

Die Poesie.

In's deutsche Land bin ich hinabgestiegen,
Gern weil' ich hier und gern will ich erfüllen
Die hohe Sendung, die mir auferlegt.
Das nächste Städtchen sei fortan erwählt,
Dort will ich euch den neuen Dichter geben,

7 *

Will steigen in des schlichten Mannes Haus,
Daraus der Geist aus allem irb'schen Ringen
Sich soll empor zu Himmelshöhen schwingen;
Will segnen jene Stätte, wo er weile,
Ihm selbst zu ew'gem Ruhm und uns zum Heile!

(Die letzte noch vorhandene Wolkengruppe im Hinter-
grunde theilt sich und man erblickt das Geburts-
haus Schiller's in Marbach.)

Hier will ich weilen, Glück und Segen bringend
In diesem Häuschen still und ohne Zier,
Wo eben jetzt ein Knäblein ward geboren,
Indeß der Vater fern im rauhen Lager
Den schweren Dienst dem Landesfürsten weiht.
Wohl denkt er seines Hauses, wo die Gattin
Des Mannes liebevollen Blick entbehrt.
So will denn ich an diese Wiege treten,
Statt seiner will ich hüten jenes Kind,
Daß diese Hütte, jetzt so arm und klein,
Einst soll bewundert von Millionen sein.
Noch ist verschlossen dir des Schicksals Buch,
Noch ruht dein Geist und ruhen deine Hände,
So nimm ihn hin von mir, den Segensspruch,
Mit dem ich dir die Dichter-Weihe spende:

(Mit prophetischer Inspiration gegen das Haus gewendet.)

Nimm auf in deine Brust, was auf der Erde
Für dich, den Sterblichen, der Gottheit Spuren trägt;
Nimm auf in deine Brust, was Menschen fühlen,
Und was das Menschenherz bewegt!

Geöffnet sei dein Herz dem Gotteshauche,
Der in dem weiten Raum der Schöpfung weht,
Erheben soll er dich zu jenen Höhen,
Wo nur der Gottheit Auserwählter steht.

Was auch der Himmel und die Erd' enthält,
Und was geschrieben steht im Buch des Lebens,
Was drängt und treibt zum Urquell der Natur,
— Das sei der Lebenstrieb auch deines Strebens.

Geweiht bist du fortan, der Erde Schmerz
Dem Leidenden, dem Menschen zu versüßen,
Was dir die Gottheit in die Brust gelegt
Als Trost dem Sterblichen in's Herz zu gießen.

Was in dem weiten All der Schöpfung lebt,
Das ganze Streben und das ganze Sein,
Die ganze Poesie im Weltenraume,
Dein Dichterherz es schließe Alles ein!

Das ist der Segen, den ich dir gespendet,
Mit dem ich selber ganz dein eigen bin,
Doch auch das Schwere, das du sollst ertragen,
Ja, auch den Fluch des Dichters, nimm ihn hin!

Im Schaffen nur allein sei deine Wonne,
Für Andere nur zu schaffen dein Beruf,
Und für die ewig hehren Geisteswerke
Nur Schmerzen dem, der zum Genuß sie schuf!

Der Menschheit sollst du deine Schätze reichen,
Du selber aber sollst ein Bettler sein,
Nur in der Fantasie erborgten Reichen
Soll sich dein Herz erträumten Glückes freu'n.

Ein ew'ger Schmerz soll dir am Leben nagen
Und ew'ge Sehnsucht dir die Brust verglühn,
Aus allen Schätzen, allen deinen Saaten
Wird nie Befriedigung für dich erblühn!

(Mit göttlicher Milde und steigernder Begeisterung.)

Doch wenn du schufest, was die Menschen freute,
So hebe sich hinweg dein edler Geist,
Bis man dereinst, vielleicht nach hundert Jahren,
Dich, den geliebtesten der Dichter preis't!

Dann wirst du gerne deine Schmerzen tragen,
Und gern zurück auf deine Werke sehn,
Die mächtig, hell, in der Begeist'rung Flammen
Auflodern hoch zu deinen Sternenhöh'n.

Dann sei versöhnt mit deinem Schmerzenleben,
Wenn dir die ew'ge Friedenspalme winkt,
Und wenn ein ganzes Volk vor deinem Geiste,
Des Dulders Geist, verehrend niedersinkt!

Dann sind die Kränze, die man für dich windet
Dir nicht um alle Königskronen feil,
Und was von Menschen menschlich nur empfindet
Ruft dir begeistert zu:

Heil unserm Dichter, Heil!!

Ein rauschender Triumphmarsch fällt ein. Aus der Mitte
steigt ein Postament empor, auf welchem des Dichters Büste
in strahlendem Lichte prangt. Zu beiden Seiten erscheinen
Melpomene und Klio, die Erstere einen Lorbeerkranz, die
Andere eine Tafel mit dem in goldnen Buchstaben glänzenden
Namen „Schiller" tragend. Beide nahen sich dem Postament,
Melpomene setzt ihm den Kranz auf's Haupt und Klio lehnt
ihre Tafel an die Büste. Die andern Musen erscheinen gleich-
falls zu beiden Seiten und gruppiren sich, ihm huldigend, um
die Stufen.